Lieschen Müller - Liebmann

Erotische Sommerfantasien

Fünf Kurzgeschichten und ein Quickie

Impressum
Bibliografische Information der Deutschen Nationalbibliothek: Die Deutsche Nationalbibliothek verzeichnet diese Publikation in der Deutschen Nationalbibliografie; detaillierte bibliografische Daten sind im Internet über http://dnb.dnb.de abrufbar.

© 2022 Lieschen Müller-Liebmann
https://www.smenzel.de/lieschen-mueller-liebmann.html

Coverdesign: Lieschen Müller-Liebmann
Zeichnungen: Lieschen Müller-Liebmann

Herstellung und Verlag:
BoD – Books on Demand, Norderstedt
ISBN: 9783756293643

Das E-Book bei Amazon, KDP   ASIN : B0B85HWLF7

Inhaltsverzeichnis

Vorwort Lieschens erotische Sommerfantasien 7

Immer wieder sonntags 9

Schäferstündchen im Gartenbusch 13

Markttag 17

Peter von Barbados 23

Einmal Marco Polo sein 33

Quickie an der Regentonne 39

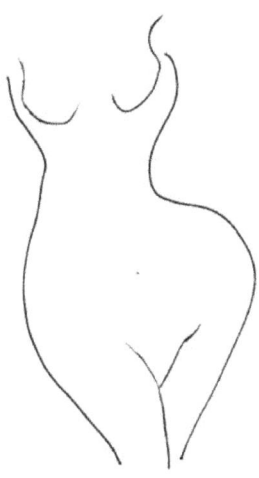

Vorwort
Lieschens erotische Sommerfantasien

Arthur Schopenhauer sagte einmal: Bei gleicher Umgebung lebt doch jeder in einer anderen Welt. Diesem Spruch füge ich noch ein „heimlich" hinzu, denn das gilt für die Sexualität fast noch mehr.

Lieschen Müller-Liebmann lässt sich von Menschen erzählen, welche erotischen Träume und Empfindungen sie haben. Und sie möchte wissen, wie sie ihre Sexualität ausleben.
Besonders im Sommer, wenn die Sonne die nackte Haut aufheizt und der Wind sie sanft streichelt, entstehen erotische Bedürfnisse, denen auch ältere Menschen, alleinstehende und diejenigen, die im Moment gerade keinen Partner haben, nachkommen möchten.
Meistens geschieht das im Geheimen. Aber auch schon mal in der Öffentlichkeit, in der es vermutlich die Unmöglichkeit der Berührung ist, die den ganz besonders verwegenen Reiz ausmachen.
Von solchen und anderen Träumen aller Lieschen und Peter Müller-Liebmanns dieser Welt erzählt dieses kleine Büchlein. Denn auch

ganz „normale" Menschen haben wilde Fantasien ...

Immer wieder sonntags

Von Männern hatte sie schon lange die Nase voll. Allerdings ärgerte es sie gewaltig, dass der vermutlich letzte Sexualverkehr ihres Lebens ausgerechnet mit diesem Langweiler gewesen sein sollte.
Ihre große Liebe hatte sie als jungen, schönen Mann in Erinnerung. Aber auch er war, genau wie sie selber, gute dreißig Jahre älter. Vermutlich hatte er einen dicken Bauch und wenig Haare auf dem Kopf. Die Beziehung damals war an der Entfernung gescheitert. Eine Beziehung mit einem deutlich jüngeren Mann auf einem anderen Kontinent war einfach zu schwierig zu bewältigen gewesen. Ob sie beide noch zusammen wären und sich liebten wie damals, wäre er bei ihr in Deutschland geblieben? Unwahrscheinlich. Insofern war es gut so, wie es gekommen war. Unter seinen Nachfolgern hatte es schöne, junge, doofe und richtig gute Liebhaber gegeben, aber keiner konnte „ihm" das Wasser reichen. „Er" war in ihrer Erinnerung immer schöner geworden und hatte sich ihrem Leben ohne Murren immer besser angepasst. Die anderen nach ihm hatten irgendwie alle eine

Macke. Eigentlich suchten sie eine kostenlose Hauswirtschafterin, die zudem noch sexy und ihnen zu Diensten sein sollte. So wenigstens fühlte sie sich oft nach einer kurzen gemeinsamen Zeit. Also blieb sie nach dem letzten Versuch, mit einem Mann zusammen zu leben, lieber allein. Dumm nur, dass ausgerechnet der im Bett am Ende so ein Versager gewesen war. Jedes Mal, wenn sie Lust auf Sex verspürte und in ihren Fantasien die Liebkosungen „ihrer" Männer noch einmal erlebte, blieb sie an diesem letzten Verkehr hängen und ärgerte sich sehr, sehr, sehr.

Daran musste sich etwas ändern! Sie wollte sich noch einmal jemand wirklich Tolles für eine Nacht suchen. Nun war es jedoch nicht so einfach, einen jungen, hübschen Mann für eine ältere Frau zu interessieren. Schließlich gehörte sie inzwischen auch in die Riege der sogenannten unsichtbaren Frauen. Sie wurden einfach nicht mehr wahrgenommen, egal wie gut, hübsch oder auffällig sie sich anzogen. Außerdem sollte der Mann nicht bei ihr bleiben, damit sie ihn vielleicht sogar noch versorgen müsste. Nein, den Mann, den sie suchte, der sollte kommen und gehen, wann <u>sie</u> wollte. Deshalb kam wohl nur ein Callboy infrage. Gab es so etwas überhaupt in ihrer Provinz? Wenn ja, wie machte man das eigentlich? In einer Kleinstadt passten die Nachbarn gut aufeinander auf. So beruhigend das im Alltag war, so hinderlich war es für eine solche Geheimaktion, wie sie sie vorhatte. Darum plante sie ihr Vorhaben in der größeren Nachbarstadt in einem anonymen Hotel.

Diese Idee, reifte als sie unter der Dusche stand. Das warme Wasser umschmeichelte ihren Körper. Der seidige Seifenschaum tat ein Übriges. Sie stellte den Duschkopf auf Massage. Das Wasser streichelte ihren Körper. Schließlich stellte sie in um auf den harten Strahl. Er hämmert auf ihre Brüste ein, während sie ihre Schamlippen bearbeitete. Den Duschkopf presste sie zwischen ihre Schenkel. Der Strahl traf ihre Klitoris. Ihre Hände waren frei für die Brüste, die sie noch einmal mit viel Seife einrieb und rieb und rieb. Sie vibrierte am ganzen Körper. Der Duschkopf fiel krachend herunter.

Schnell trocknete sie sich ab und cremte sich sanft streichelnd ein. Sie holte ihre „kleine Maschine" heraus und stelle sich vor, wie ein junger Mann mit seinem Penis in sie eindrang. Der Dildo stieß auf und ab. Der kleine

„Schmetterling" hüpfte auf der Klitoris. Ihre Finger streichelten die Innenseiten ihrer Schenkel, liefen dann an der Taille entlang bis hinauf zu den Brustwarzen.

Als das Wunderwerk der Technik sie in die höchsten Sphären der Lust trieb, kostete sie diesen Moment laut schreiend bis zum Letzten aus. Ach, war das herrlich!

Noch herrlicher würde es werden, wenn sie sich einen schönen Callboy aussuchte, der ab dann das Fantasiebild für ihre Lustmomente sein würde.

Auf das reale Abenteuer freute sie sich diebisch …

Schäferstündchen im Gartenbusch

Es gibt eine Ecke im Garten, in der mich niemand sehen kann. Unter dem Efeu gegenüber dem Schuppen, an dem die wilde Rose mit ihren Tausenden von spitzen Dornen prangt.

Im Hintergrund standen Pflaumenbäume und weiter dahinter die riesigen Lindenbäume. Links vom Schuppen wachsen ehemalige Weihnachtsbäume wie eine undurchsichtige Hecke.

Links von mir steht der alte Apfelbaum, rechts das Haus, in dem außer der Katze niemand war. Von ganz links hätte man mich aus dem oberen Stockwerk des roten Hauses sehen können, aber das war seit Jahren unbewohnt. Zwar übernachtete dort hin und wieder ein Obdachloser, aber der würde ja wohl nicht gerade jetzt zwischen den Luken der Jalousien heruntergucken. Die Nachbarn im Rücken lagen selbst ermattet auf Gartenliegen. Bei der Hitze rührte sich dort in der Regel niemand vor dem Abend. Außer es gab einen triftigen Grund, aber dann würde ich hören, wenn der Riegel des Gartentörchens aufgeschoben wurde. Zudem müssten sie erst über die

Terrasse und um den Efeu herumkommen, um mich quasi im Busch versteckt zu sehen. In der Zeit hätte ich meine Scham mit dem T-Shirt verdecken können.

In dieser Nische saß ich nackt auf meinem Gartenstuhl. Ich hielt meine Vagina genau in die Sonne. Die Wärme heizte meinen Körper auf und machte Lust auf Sex. Sanft massierte ich die Brüste. Die rechte war geiler und wollte schon Druck spüren. Ich schaffte es gerade so, mit meiner Zunge an die eine Brustwarze zu kommen und leckte sie, bis die Vagina nass wurde. Nun wollte auch die andere ihren Anteil. In jeder Hand hielt ich eine Brust und quetschte die Nippel mit den Fingern. Der Unterleib streckte sich immer weiter nach vorne in die Sonne. Ein Windhauch strich über die ekstatischen Schamlippen. Ich seufzte leise. Ich musste mich zurückhalten, dass mein Liebesstöhnen leise blieb, denn hören konnten mich die Nachbarn.

Da blies ein stärkerer Windstoß genau über meine Klitoris. Ich biss mir auf die Lippen, um den Lustschrei zu unterdrücken. Die Brüste rieb ich mit einem Arm, die Finger der anderen Hand spielten mit den steil aufstehenden Brustwarzen. Mein Unterleib bewegte sich rhythmisch mit. Weiter vor in die Sonne und zurück in die Entspannung. Wieder vor, in Erwartung einer Berührung an den Schamlippen. Die Klitoris sabberte schon. Meine Zunge fuhr über die Lippen. Mir entfuhr ein kurzes, aber lautes Stöhnen aus dem geöffneten Mund.

Der Unterleib bewegte sich schneller und schneller. Die eine Hand strich über die Innenseite der Schenkel. Dann liebkoste er die Schamlippen. Die Klitoris wölbte sich, die Schamlippen umschlossen den Finger. Sie rieben sich an ihm.

Die zweite Hand kam zur Klitoris und rieb und knetete sie. Die Ellenbogen massierten die Brüste.

Endlich kam die Erlösung. Ein Orgasmus folgte dem nächsten. Der Leib zuckte und krümmte sich, bis er ermattet nach hinten an die Lehne fiel und ich schwitzend die Brüste weiter streichelte bis sich der letzte Orgasmus zuckend verabschiedet hatte. Ermattet öffnete ich den Mund und holte tief Luft.

Da hörte ich ein „Hallo, hallo, bist du da? Ich möchte dich etwas fragen." Der Hebel des Gartentörchens wurde aufgeschoben. Ich hörte das leise Knarren des Eisentores. Schnell zog ich das T-Shirt über die immer noch steifen Brüste. Ich schaffte es gerade noch, die Jeans überzuziehen und hoffte, dass der Nachbar das Unterhöschen nicht sah, das links von mir im Busch lag. Weißer Stoff auf grünen Blättern – also ganz unauffällig …

Markttag

Vor einiger Zeit hatte sich Lieschen etwas aus dem Beate Uhse Shop bestellt. Sie fand sich sehr verwegen, als sie den rosafarbenen Dildo mit dem kleinen Schmetterling und den vielen Geschwindigkeitsstufen bestellt hatte. Obwohl sie allein lebte, war es ihr peinlich, wenn bei ihrer Googlesuche auch die Suche nach einem Dildo immer wieder auftauchte. Natürlich hatte sie den Browserverlauf sofort gelöscht, aber Google war schlau – und hartnäckig. Ständig wurde ihr auf allen Kanälen Werbung angezeigt, die Sexspielzeug anbot. Nie hatte sie darauf geklickt. Doch bei einer war sie hängen geblieben. Dildos für unterwegs. Er wurde einfach in die Unterhose gelegt und versprach per Fernbedienung lustvolle Erfahrungen an ungewöhnlichen Orten. Besonders erwähnt wurde, dass er sehr leise sein sollte.

Mit puterrotem Kopf bestellte sie ihn in demselben Shop, in dem sie den anderen Dildo bestellt hatte. Ihre Daten wurden ihr sofort angezeigt, sodass es sehr einfach war, die Bestellung abzuschicken. Falls sie einmal ermordet werden sollte, würden die Ermittler sie sicherlich für ziemlich verlottert halten. Bei dem Gedanken schmunzelte sie. So unscheinbar wie sie war, wäre das für die bestimmt eine Überraschung. Aber auch Lieschen Müllers hatten Bedürfnisse und Fantasien.

Heute wollte sie das neue Sexspielzeug ausprobieren. Es war Markttag. Lieschen liebte es, dort Gemüse einzukaufen und zum Abschluss einen Kaffee zu trinken, in den sie ihr frisches, knuspriges Croissant eintauchte, um es dann genussvoll wie die Franzosen aufzuessen.

Der Markt war wie immer sehr bestückt und gut besucht. Ihr wurde ganz heiß bei dem Gedanken, dass sie ihr geheimes Utensil in Anwesenheit von so vielen Menschen einsetzen wollte. Wie konnte sie nur auf solch eine Idee kommen, fragte sie sich kopfschüttelnd. Ihr Körper erschauerte ebenfalls. Sie spürte das Silikonteil, das sich sanft an ihre Schamlippen schmiegte. Die kleine Erhebung streichelte die Klitoris bei jedem Schritt.

Lieschen schlenderte an den Marktständen entlang. Die Gemüsestände faszinierten sie besonders. Schlangengurken, wohlgeformte Zucchini und erstaunlicherweise Auberginen zogen ihre Blicke magisch an. Sie stellte sich an dem meistbesuchten Stand an. So hatte sie Zeit, sich das Gemüse in Ruhe anzuschauen und sich die geeignetsten Stücke für ihre Zwecke auszusuchen. Eine Gurke sah besonders gut aus. Ganz leicht gekrümmt, glatt und nicht zu lang. Die schnappte ihr jedoch der Herr vor ihr weg. Sie grunzte ungehalten. Der Mann schaute sie erstaunt an. Plötzlich wurde ihr klar, dass sie mit ihren leicht geöffneten Lippen und den vor Vorfreude verklärten Augen, die begierig die Gurke anstarrten, wohl recht seltsam aussehen musste. Sie gab sich einen Ruck und wurde puterrot. Da fragte auch schon die Verkäuferin nach ihren Wünschen.

Zwei Zucchini bitte. Nein, die nicht. Die auch nicht. Die und die dort möchte ich haben.

Ahnte die Verkäuferin ihr Gedanken und Absichten? Die wünschte ihr nämlich viel Spaß mit dem Gemüse, während sie sie von oben bis unten musterte. Schnell verstaute Lieschen ihre Beute in ihrer Tasche. Bis sie ihr Wechselgeld bekam, liebkoste ihr Blick die Auberginen mit ihrem satten Violett und ihren runden Formen, die sich zum Stängel hin verengten. Am nächsten Stand kaufte sie sich das schönste lila Stück. In der Wartezeit

betrachtete sie die Zucchini. Hier gab es nur gelbe. Die hatten auch eine wunderbare Phallusform, aber sie wollte unbedingt eine grüne.
Der Gemüsestand um die Ecke hatte genau die, die sie sich vorgestellt hatte. Sie nahm die Frucht in die Hand. Sofort wurde ihr Höschen feucht. Sie glaubte zerspringen zu müssen. Ihr unruhiges Treten von einem Fuß auf den anderen brachte den mobilen Dildo in Bewegung und kitzelte ihre Scham. Ihre Brüste wurden fest und stellten sich steil auf. Die Brustwarzen strichen über die kleine Kante des Ansatzes der Spitze des Unterhemdes. Es folgte ein fast unsichtbares, wohliges Räkeln.
Beim Kramen in der Einkaufstasche kam sie mit den Ellenbogen an die Brüste. Sie wollte lustvoll seufzen, doch der junge Verkäufer fragte sie gerade in diesem Moment, was sie haben wollte. Sie starrte den jungen Mann an. Sein gestählter Körper versprach gut trainierte Muskeln unter dem hautengen T-Shirt.

Vor Aufregung erwischte Lieschen nicht ihr Portemonnaie, sondern die Fernbedienung ihres Vibrators. Zuverlässig brummte er los und bewegte sich sanft und gleichmäßig in ihrer Scheide. Lieschen schwitzte, zog sich zusammen, um nicht laut zu stöhnen oder vor Lust zu schreien. Schließlich fand sie ihr Geld, gab es dem Schönling, der zwischen den Zucchinis und Gurken stand und sie mit seinen braunen Augen erwartungsvoll ansah. Lieschen wurde wieder puterrot. Sie murmelte etwas von einem Herzschrittmacher, der in die Reparatur müsste. Ganz schnell verschwand sie hinter dem Bulli des übernächsten Standes. Er war direkt an einer Hecke geparkt, sodass sie sich gut versteckt fühlte. Lieschen seufzte erleichtert auf und stellte den Vibrator auf die höchste Stufe. Jetzt oder nie!

Es kam ihr vor, als nehme sie jemand von hinten in den Arm und massierte ihre Brüste. Dann fuhr eine Hand in ihre Hose. Allein diese Berührung reichte aus. Ein Orgasmus nach dem anderen durchzuckte ihren Körper. Sie hielt sich an der Hecke fest und stöhnte, so leise sie konnte. Fast wäre sie auf die Knie gesunken, aber sie fing sich auf. Scheu schaute sie sich um. Hatte jemand etwas von ihrem geheimen Tun mitbekommen? Und sie fragte sich, ob sie so einen realen Traum gehabt hatte, dass sie sogar eine fremde Hand gespürt hatte? Als sie sich kurz umdrehte, sah sie gerade noch einen schwarzhaarigen Hinterkopf auf der anderen Seite des Bullis verschwinden.

Eine Männerstimme flüsterte: „Dachte ich mir doch. Das war nicht der Herzschrittmacher."
Lieschens Schreck war nur kurz. Sie flüsterte ihm ein leises „Danke!" hinterher.

Als sie auf dem Rückweg zum Parkplatz an dem Stand des jungen Mannes vorbei kam, sah sie, dass der jetzt eine Schürze um die Lenden trug …

Peter von Barbados

Peter sah aus wie seine Mutter und seine Großmutter. Er hatte krause Haare, eine breite Nase und leicht wulstige Lippen. Er sah eben genau so aus, wie die Einheimischen auf Barbados aussahen. Es gab jedoch einige gravierende Unterschiede, die ihn sehr besonders machten: Er war sehr groß, hatte blonde Haare und helle Haut, die zwar sonnengebräunt, aber eben nicht schwarz war. Aufgrund seiner Größe von gut zwei Metern fiel er auf, aber auch, weil bei ihm trotz seiner Attraktivität irgendetwas nicht recht zusammenpassen wollte. Nun ja, einen weißen Farbigen gab es nicht so oft. Es hieß, dass sein Großvater ein Weißer aus Skandinavien gewesen sein sollte. Seine Mutter und seine Geschwister waren ganz „normal" schwarz. Bei Peter schlugen jedoch die typischen nordeuropäischen Gene durch: groß, blond, attraktiv.

Natürlich fiel er den Touristen auf. Wenn dieser Hüne elegant durch die Wellen der Karibik surfte, dann waren Mann und Frau gleicherweise hin und weg. Sobald ich den jungen Mann surfen sah, war ich froh, kein

Mann zu sein. Am Strand konnte man sofort erkennen, welche Männer homosexuell waren. Die Wölbung in ihren knappen Badehosen war kaum zu übersehen. Ihre schmachtenden Augen verfolgten die Muskeln des gestählten Körpers. Peter schlenderte leichtfüßig und selbstbewusst den Saum der Wellen folgend am Strand entlang. Hin und wieder sprühte ihn eine Welle mit tausend glitzernden Wassertropfen ein. Männer und Frauen gierten ihn an und machten alles, um auf sich aufmerksam zu machen. Liebend gern hätten ihn einige Badegäste sofort trocken geleckt. Er aber hatte nur Augen für sein Surfboard und die Wellen.

Die weniger exponierten Männer verdeckten ihre Scham schnell unter Handtüchern. Sie legten sich so in den Sand, dass sie seine Bewegungen mit fast geschlossenen Augen doch noch beobachten konnten. Manch eine Ehefrau hätte sich sicherlich sehr darüber gewundert, dass ein Mann bei ihrem Ehemann derartige Reaktionen hervorrufen konnte. Allerdings regte er die Fantasie der Frauen ebenso an. Einige rollten sich wie zufällig auf den Bauch, um die sich versteifenden Brustwarzen zu bedecken und davon zu träumen, wie er sich nur für sie interessierte. Sie aalten sich wohlig im Sand. Vielleicht um das Gefühl des Verbotenen unter den Augen des eigenen Partners bis ins Letzte auszukosten. Die heiße Sonne und das Pritzeln der kleinen Sandkörner auf der Haut setzten feuchte Begehrlichkeiten frei. Die Luft schwängerte sich im Nu mit dem Geruch des zu erwartenden Liebesaktes. Die Nichterfüllung durch den erwünschten Körper regte die Fantasie derart an, dass dieser attraktive junge Mann, der weit entfernt die Wellen auf seinem Surfboard hoch und runterjagte, die Intensität des Liebesaktes in der Realität nie würde erfüllen können, wenn er sich denn für sie oder ihn überhaupt entscheiden würde.

Sogar als Peter sich zu einer anderen Person setzte und mit ihr sehr vertraulich lachte, ließ das Begehren nicht nach, sondern gipfelte sogar in einen Traum, der die Höschen auch ohne Meerwasser nass werden ließ.

Peter war sich dieser Wirkung auf andere natürlich bewusst. Amüsiert beobachtete er diejenigen, die nach seinem Erscheinen für einige Minuten eiligst ins Meer liefen. Ihre Hände spielten unter Wasser an geheimen Stellen, bis sich ihre Augen verklärten. Im

Orgasmus vergaßen sie für einen kurzen Moment, dass ihr lautes Stöhnen und das sich wohlig Schütteln von Hunderten Badegästen hätte bemerkt werden können. Das jedoch erhöhte bei einigen den Genuss des sich kompromisslos in Lust Ergebens.

Ein paar lang gestreckte Schwimmzüge leiteten das Nachspiel ein, indem das Wasser den ganzen Körper sanft umschmeichelte und auch die verstecktesten Stellen noch einmal streichelte. Dann wurden noch manch unkontrollierbare Lustschreie der ausgehungerten und sich nach Zärtlichkeit sehnenden Körper sichtbar, wenn sie von Mündern unter Wasser ausgestoßen wurden und blubbernde Bläschen an die Wasser-oberfläche zauberten.

Peter sah das. Er schmunzelte zufrieden. Genauso zufrieden und entspannt gingen die Menschen zurück an ihren Platz am Strand. Man sah ihnen die Erwartung an, am nächsten Tag zur selben Zeit wieder zu hoffen, dass dann sie endlich einmal der oder die Auserwählte sein dürften.

Die meisten Touristen versuchten natürlich diesen höchst persönlichen Moment des geheimen Orgasmus vor den anderen Anwesenden zu verstecken. Doch gerade durch diese betonte Unauffälligkeit fiel es den Einheimischen und Peter im Besonderen auf, wer wohl am anfälligsten sein würde, abends im Hotel oder in der Disco angesprochen zu werden. Zu fünfundneunzig Prozent klappte das mit Mann und Frau. Sogar wenn der Ehepartner dabei war. Dann würde das Gefühl des geheimen und verbotenen Sexerlebnisses die Großzügigkeit des sich erkenntlich Zeigens erhöhen. In der Regel suchten sich die jungen Einheimischen die letzten Urlaubstage der Touristen aus, damit es nicht zu unnötigen Komplikationen kam, falls doch große Gefühle aufkommen sollten. Auswandern wollten die meisten nicht, aber etwas besser leben schon. Darum durchliefen viele Männer und Frauen auf Barbados diese „Touristenphase". Einige verdienten sich so eine gute Grundlage für eine eigene Familie, ein eigenes Restaurant oder Geschäft.

Peters Herz gehörte einer jungen Frau, die für ihn genauso unerreichbar war wie er für die meisten Touristen. Als sie einen anderen

heiratete, fielen bei ihm die Schranken der sehnsüchtigen Hoffnung auf ein Leben mit ihr. Er wollte nur weg von der Insel. Da traf er die beiden schwulen Deutschen wieder, die bereits das dritte Jahr auf Barbados Urlaub machten.
Er vertraute Friedrich an, dass er eine Weile woanders arbeiten wolle. Friedrich und seine Freunde waren sofort begeistert und setzten alle Hebel in Bewegung, Peter nach Deutschland zu bringen. Ziemlich jeder von ihnen träumte von einer Nacht mit ihm. Er wurde umgarnt, angehimmelt und man machte ihm eindeutige Angebote, die er aber alle ablehnte. Er wollte kein Beachboy mehr sein. Obwohl er gleichgeschlechtliche Liebe gegenüber nicht völlig abgeneigt war, bevorzugte er doch Frauen. Und das machte er Friedrich und seinem Lebensgefährten Jürgen auch klar. Sie luden ihn dennoch in ihr Haus in Norddeutschland ein. Sie wollten ein wenig mit ihm angeben. Und wer weiß, vielleicht überlegte er es sich noch. Schließlich träumten auch sie davon, von seinem gestählten Körper gehalten zu werden. Die beiden liebten sich innig als Lebensgefährten, dennoch war Sex mit anderen Partnern an der Tagesordnung.

Dass Deutschland so kalt war, hatte Peter nicht gedacht. Friedrich und Jürgen mussten ihn erst mit warmen Pullovern und Jacken einkleiden. Obwohl sie viele Leute einluden, damit er viele Kontakte bekam, fühlte er sich allein. Es war auch nicht so einfach wie im sonnigen Barbados, fremde Menschen anzusprechen. Friedrich und Jürgen hatten Jobs, die viel Zeit in Anspruch nahmen, sodass er viel auf sich allein gestellt war. Auf Barbados hatte er oft die Einsamkeit gesucht und war vor seiner großen Familie an versteckte Strände geflohen. Hier in dem fremden Land machte ihm das Alleinsein Angst. Zudem war es so schrecklich lange dunkel und nass. Es war Februar. Wenig Sonne, viel kalter Regen und sogar Minusgrade machten ihn furchtbar traurig. Kein Wunder, dass die europäischen Touristen auf der sonnenverwöhnten Karibikinsel so ausgelassen waren. Auch wenn es in der Hurrikansaison viele Stürme gab, war es in der Regenzeit nicht so kalt wie Deutschland im Februar. Sogar Schnee wurde angesagt. Zwar freute er sich darauf, dieses Phänomen erstmals erleben zu dürfen, aber dass er dabei in so dicke Kleidung gepresst war, das gefiel ihm gar nicht.

Bereits nach kurzer Zeit war sein sonnengebräunter Teint verblasst. In der Winterkleidung sah er mit seinen blonden Haaren und der hellen Haut so aus wie viele in Deutschland: Blond, vermummt und blass. Lediglich durch seine Größe stach er ein wenig aus der Normalität heraus. Der Reiz des Neuen und Ungewöhnlichen war sowohl bei ihm als auch bei Friedrich und seinen Freunden bald verflogen. Er konnte sich selber nicht mehr leiden. Er lachte nicht mehr fröhlich, sondern aufgesetzt und gereizt.

Peter versuchte Arbeit zu finden. Aber das war nicht so einfach. Was konnte er schon, was in einem Land wie Deutschland benötigt wurde? Er jobbte eine Zeit lang in Diskotheken als Barkeeper. Dort wirkte sein Zauber auf Menschen manchmal noch ein wenig. Schließlich hatte er genug Geld zusammen, um zurückzufliegen.

Sonnenhungrig und desillusioniert kam er auf „seiner" Insel an. Er bemühte sich, durch seine Anwesenheit wenigstens einige Urlauber glücklich zu machen und freute sich darüber, dass er hier weiterhin etwas Besonderes war.

Irgendwann traf er beim Surfen eine junge Schwedin. Sie surfte wie der Teufel und hatte wohl schon einige Preise eingeheimst. Sie waren beide voneinander fasziniert und so dauerte es nicht lange, bis sie eine Surfschule aufmachten. Schon bald waren sie verheiratet und bekamen zwei Kinder.

Hin und wieder ergaben sich beide der Versuchung nach ungebundenem Sex mit Partnern beiderlei Geschlechts. Sie liebten es, die Eskapaden vor dem jeweils anderen so geheim zu halten, dass die Heimlichtuerei bemerkt wurde, aber nichts verraten wurde. Das war ihr Spiel, mit dem sie ihre eigenen Sexfantasien auch nach vielen Jahren lebendig hielten.

Den europäischen Sommer verbrachten sie meistens in Schweden, wo sie übrigens von Friedrich und Jürgen oft besucht wurden. Braungebrannt, athletisch und glücklich waren Peter und seine Schwedin dort oft der Anlass für feuchte Fantasien der blassen Europäer, die ihre Surfkünste am Strand bewunderten.

Schließlich bekamen die beiden Enkelkinder. Alle waren weiß bis auf Dean. Der hatte europäische Züge, seine Haut war jedoch pechschwarz. Außerdem war er so groß wie Peter. In Europa fiel er sofort auf und wurde ein begehrtes Fotomodel. Wenn er an den Stränden in Europa entlang ging, dann hatten viele Menschen dieselben Träume, wie sie damals die Touristen bei Peter gehabt hatten. Urlaub machte Dean immer bei den Großeltern auf Barbados. Dort fiel er auch auf, aber nicht so sehr, als dass er nicht doch noch ganz privat sein konnte.

Und manches Mal saß er mit seinem Großvater am Strand. Sie fachsimpelten darüber, ob die Blubberblasen, die im Meer neben einem Badegast auftauchten, aus Übermut oder durch die heimlichen Spiele am eigenen Körper unter Wasser hervorgerufen wurden. Und beide lächelten genüsslich …

Einmal Marco Polo sein

In vielen Selbstfindungsratgebern wird man manchmal gefragt, welche historische Figur man gerne gewesen wäre. Meine spontane Antwort war Marco Polo. Obwohl das sicher ein sehr einsames Leben gewesen war. Das Reisen war beschwerlich und ging sehr langsam. Jeden Tag vielleicht vierzig, fünfzig Kilometer mit Kutsche oder Pferd. Zu Fuß waren es vermutlich nur sieben oder acht Kilometer. Seine Reisen nach Indien und China dauerten Jahre. Sicherlich saß er abends oft an knisternden Feuern. Ob er das Feuer schneller anbekommen hat als ich in meinen Kamin?
Mich interessierten jedoch weniger seine Reisen, sondern wie er und seine Kameraden eigentlich Sex hatten. Deshalb versetzte ich mich einen Moment lang in einen Mann, der mich als Frau begehrte.

Ich wollte ihnen an die Brüste gehen, eine im Mund und die Hand an den Beinen und dann an der Klitoris. So ähnlich wie es auf den Zeichnungen des Kamasutras zu sehen ist. An den Brustwarzen saugen, bis die Frau schreit. Ich würde ihre Brüste richtig kneten, den Kopf an den Haaren nach hinten ziehen. Ich kann es mir nicht recht vorstellen, wie es ist, wenn am Penis gesaugt wird, aber vielleicht kann ich es doch? Den Orgasmus kann ich kaum noch zurückhalten. Als Mann kann man ja nur einmal und muss dann eine Pause machen. Vorstellen kann ich mir, wie ich mit meinem Penis in einer Frau bin und ihn hinein stoße - so tief, dass die Frau vor Freude stöhnt. Und dann möchte ich gestreichelt werden. An den Beinen, am Po, an den Armen, am Rücken und in den Haaren. Schließlich erigiere ich wieder. Jetzt soll die Frau an meinem Penis lecken.

Durch diese Fantasie bin ich so aufgewühlt, dass ich vor Gier und Lust kaum noch etwas mehr sehen kann. Meine Scheide ist schon ganz feucht. Ich habe das Gefühl, ich könnte einfach so kommen, ohne dass ich mich selbst berührt habe. Meine Brustwarzen sind so sensibel, dass sie jede Bewegung meiner Arme beim Schreiben als Liebkosung betrachten. Sie sehnen sich nach intensiver Berührung. Im Geist quetsche und knete ich sie und drücke und reibe sie. Allein der Gedanke daran lässt mich fast kommen. Ich lecke meine Lippen und bewege meinen Oberkörper ganz leicht, sodass die Brüste am T-Shirt reiben. Das ist fast so, als wäre eine Hand dort, die sie sanft und stark gleichzeitig liebkost. Mein Slip ist bestimmt schon ganz nass. Das soll er auch - ich will in mein Bett und mir vorstellen, mit Marco Polo an einem Lagerfeuer Sex zu haben. Zu schreien, so laut, wie ich möchte und zu stöhnen, dass man es in weiter Ferne noch hören kann.

Das Lecken an der Brust ist sehr genussvoll. Die kleinen Hügel auf der Brustwarze sind wie kleine Bonbons, an denen man gleichzeitig saugen und lecken kann. Dieses herrlich warme Brennen, das durch den Körper geht, das einen dazu bringt, den Willen zu verlieren und nur noch das eine zu wollen: Zu genießen, wie der Höhepunkt sich ankündigt. Ihn dann ein wenig abwarten zu lassen, die Wärme des Körpers zu spüren, die heiße, weiche Haut, die auf jede Berührung mit wohligem Erschauern reagiert. Mit dem Finger über die Flanken zu streichen, unter den Armen bis zum Ellenbogen, den Rücken herunter, die Pobacken zu umkreisen, die Spalte herunter und wieder hinauf, dann an den Schamlippen zu zupfen, sie sanft zu streicheln und dann die Klitoris wieder zu umkreisen. Ich bin so nass, dass es fast tropft. Den Penis einzuführen ist ganz leicht und er geht gleich tief hinein bis an den G-Punkt und weiter. Die Hüften machen kurze ruckartige Bewegungen nach vorn, wenn der Penis gerade hineinstößt. Der ganze Körper vibriert, will mehr. Tiefer und stärker soll der Penis hineinkommen. Immer stärker werden die Stöße, die Hüften kreisen, die Scheide zieht sich zusammen, um intensivere Reibung zu bekommen besonders dann, wenn der Penis herauskommt, um den neuen Stoß vorzubereiten. Er reibt dann besonders intensiv die Klitoris. Die Brüste wollen ganz in die Hände genommen werden, geknetet werden und die Brustwarzen wollen gesaugt und kräftig gerieben werden. Sie wollen eine raue Fläche, auf denen sie sich hin und her bewegen können. Sie wollen lang gezogen werden. Die Lippen wollen geküsst werden, die Zunge wird sich wie wild gebären und alles lecken, was sie vorfindet. Die Stöße des Penis werden heftiger, tiefer, wilder, schneller. Immer wenn er zum Stoß ausholt, reibt er kräftig an der Klitoris. Ich stöhne vor Lust und merke, wie ich den Orgasmus nicht mehr aufhalten kann, nicht mehr aufhalten will. Ich stöhne laut und schreie meine Lust in die

Nacht hinaus - immer und immer wieder. Mein ganzer Körper zuckt bei jedem befreienden Krampf, der einen Orgasmus hervorbringt. Wohlig bäumt er sich auf und ich schreie jedem Orgasmus einen Gruß hinterher. Willkommen sind sie. Sie sollen nicht aufhören, ich lutsche die Brustwarzen, streichele mich überall, besonders die Klitoris und die Orgasmen gehen weiter. Bis ich ermattet zur Seite sinke. Mein Herz schlägt wie wild, mir ist sehr warm, der Schweiß riecht nach Geschlechtsverkehr. Ich halte meine Brüste und schaukele sie sanft. Ich streiche mir über die Vagina. Sie ist immer noch sehr feucht. Ich möchte küssen und ganz langsam die Erregung abklingen lassen.
Ich atme befreit auf und es geht mir hervorragend. Ich bin entspannt.

Es war schön mit Marco Polo. Doch diesen Reisenden werde ich nicht wiedersehen. Er ist auf dem Weg nach Indien und China und da ist er bestimmt sehr lange unterwegs …

Quickie an der Regentonne

Die Gartenarbeit in der heißen Sonne hatte ihren Körper aufgeheizt. Sie ging zur Regentonne, um sich mit dem Wasser ein wenig abzukühlen. Direkt daneben wuchs eine Zucchinipflanze, die ihre grüne Frucht gen Himmel streckte. Lieschen schaute sie an. Wie ein Dildo sah sie aus. Ihr Höschen wurde feucht. Sie nahm ein Handtuch, tauchte es in das kühle Nass und fing an, sich abzureiben. Zufällig kam sie an die Brustwarzen, die sich sofort versteiften. Sie tupfte sie unter ihrem T-Shirt ab, sie wurden härter, verlangten mehr, ihre Scheide gierte nach Erlösung. Lieschen schaute wieder auf die Zucchini, das Abtupfen der Brustwarzen wurde rhythmisch und schneller und härter, sie presste die Warzen und stöhnte lustvoll auf. Die pralle Zucchinifrucht lockte im Sonnenschein. Lieschen hielt sich an der Tonne fest, die andere Hand landete in der Hose und entlockte ihrem Körper sofort einen Orgasmus. Hoffentlich hatte sie niemand gesehen, als sie dabei ermattet zusammenzuckte.

Das Geräusch eines Besens, der einen Weg fegt, gefolgt von schnellen Schritten und

leisem Schnaufen, entfernte sich von der Hecke
an der Grenze zum Nachbarn ...

Noch ein Tabu-Thema, das Lieschen Müller-Liebmann aufgegriffen hat:

Mister Rosèe
Wenn Frauen schwule Männer lieben

Lieschens Freundin Petra hat sich in einen homosexuellen Mann verliebt. Auf der Suche nach einem Anhaltspunkt, ob man ihn sexuell umpolen kann, taucht sie ein in die schrille, ganz normale Welt der schwulen Männer. Kann sie ihrer Freundin Hoffnung machen?

Für ihre Examensarbeit "Früherfahrungen männlicher Homosexueller" hat sich Lieschen die Lebensgeschichten der Männer angehört und ist heute noch nach gut vierzig Jahren sehr berührt davon, wie offen die Männer ihr ihre recht intimen Fragen beantwortet haben. Doch hin und wieder möchte wohl jeder Homosexuelle selber mal wissen, warum er schwul ist.

Das alles war in den wilden 80er-Jahren. Aber es wird immer wieder überall auf der Welt Frauen geben, die sich die Frage stellen: Kann er für mich "normal" werden? Darum ist es auch heute noch ein aktuelles Thema.

Paperback ISBN 9783755714163
bei Books on Demand

Das E-Book bei KDP
Amazon Nr. ASIN: B09K78CCR1

Lightning Source UK Ltd.
Milton Keynes UK
UKHW021823020922
408223UK00011B/977